D0950942

loqueleo

LA ESTUPENDA MAMÁ DE ROBERTA
Título original: *Hazel's Amazing Mother*
D.R. © del texto y las ilustraciones: Rosemary Wells, 1989
D.R. © de la traducción: María Puncel, 1995
Primera edición: 2013

D.R. © Editorial Santillana, S.A. de C.V., 2015
    Av. Río Mixcoac 274, piso 4
    Col. Acacias, México, D.F., 03240

Segunda edición: octubre de 2015

ISBN: 978-607-01-2819-6

Impreso en México

www.loqueleo.santillana.com

 SANTILLANA

Esta obra se terminó de imprimir en octubre de 2015 en los talleres de Impresora Tauro S.A. de C.V.
Plutarco Elías Calles No. 396 Col. Los Reyes. Delg. Iztacalco C.P. 08620. Tel: 55 90 02 55

La estupenda mamá de Roberta

Rosemary Wells

Ilustraciones de la autora

loqueleo

Mamá le dio a Roberta una moneda
y un beso, y le dijo:

—Compra algo rico para nuestra
merienda en el campo.

—Sí, mamá —dijo Roberta
y empujó el cochecito de Melania
calle abajo.

5

Roberta se paró para ayudar al
cartero.

—Veo que Melania tiene zapatos
nuevos —dijo el cartero.

—Mamá se los hizo —dijo Roberta.

Los zapatos de Melania eran
de seda azul.

—Buenos días —saludó el policía—.
Veo que Melania tiene un vestido
nuevo.

—Mamá se lo hizo —dijo Roberta.

El vestido de Melania era de percal
blanco con florecitas azules.

—¡Qué muñeca tan bonita! —dijo la pastelera.

—Mamá me la hizo —dijo Roberta.

La pastelera le regaló una rosa de azúcar.

Roberta compró a la pastelera dos galletas con una cereza en medio, una para ella y otra para Melania, pero como Melania no podía abrir la boca, Roberta se comió las dos.

13

Con el dinero que le quedaba compró unas uvas en el puesto de la frutera.

—¿Sabrás volver a casa tú sola? —le preguntó la frutera.

—Sí, ya lo creo —contestó Roberta.

Pero, al llegar a la esquina, torció hacia el lado que no era.

Y después, volvió a torcer por otro camino que tampoco era...

... hasta que se encontró sobre una colina solitaria en una parte de la ciudad en la que no había estado nunca antes.

—No te preocupes, Melania —dijo Roberta—. Encontraremos el camino para volver a casa.

Justo entonces oyó la voz de un chico que gritaba:

—¡Oye, Virginia, alguien quiere robarnos la pelota!

Y en un momento Roberta se vio
rodeada.

—¿Qué vamos a hacer, Virginia?
—preguntó el otro chico.

—Pues si ella quiere jugar con
nuestra pelota, nosotros jugaremos
con su muñeca —dijo Virginia.

Melania voló por lo aires de mano en mano. Y por los aires volaron también sus zapatitos de seda azul.

—¡No hagan eso! —gritó Roberta.

Pero ellos la tiraron más arriba y más lejos. Perdió su vestido de percal y se le salió el relleno.

—¡No! —suplicó Roberta, pero no podía hacer nada para detenerlos.

Cuando los chicos se cansaron de jugar, Melania no era más que un pingajo.

—¡Pobre Melania, pobre Melania! —gimió Roberta.

—Vamos —dijo Virginia—, llévenme cuesta abajo en el cochecito.

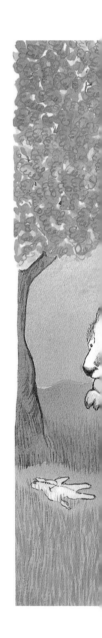

Roberta abrazó a la destrozada Melania. Oyó cómo el cochecito caía en la laguna que había al pie de la colina.

—¡Mamá, mamá…! —lloraba Roberta—. ¿Dónde estás? Quiero que vengas…

En aquel mismo momento, al otro lado de la ciudad, la mamá de Roberta estaba recogiendo tomates para la merienda en el campo. Algo le hizo pensar que Roberta la necesitaba. Cayó una gota de lluvia. Después empezó a caer un fuerte chaparrón y se levantó un viento tremendo.

El viento hizo volar al mantel por encima de la pared del jardín. La mamá de Roberta agarró el mantel, pero el viento sopló tan fuerte...

… que arrastró a la mamá de Roberta junto con la cesta de la merienda y los tomates. Todos volaron por encima de los árboles como si pesaran menos que una hoja.

El mantel, con todo lo que llevaba dentro, fue empujado por el viento y pasó por encima de la ciudad.

Al final cayó sobre el mismísimo
árbol bajo el que Roberta se había
protegido de la lluvia. Virginia y los
dos chicos se iban a marchar corriendo
hacia su casa cuando una fuerte voz
resonó desde lo alto del árbol:

—¡Eh, un momento!

Un tomate le reventó a Virginia
justo entre los dos ojos.

—¡Nada de irse antes de que hayan
dejado a Melania como estaba!

—¿Quién habla? —preguntó
Virginia asustada.

—¡Es mamá! —dijo Roberta.

—¡Busquen ahora mismo los zapatos y el vestido de Melania! —ordenó la mamá de Roberta—. ¡Métanle todo el relleno y cósanle lo roto hasta que la dejen como nueva!

La mamá de Roberta le echó a Virginia la bolsita de costura que siempre llevaba en el bolsillo. Después le tiró tres tomates más.

Los dos chicos se abrazaron temblando.

—La culpa ha sido de Virginia —gimotearon.

La mamá de Roberta lanzó una sonora carcajada amenazadora:

—Vayan a buscar el cochecito de Melania y límpienlo hasta que reluzca —ordenó.

Los dos chicos se pusieron a secar y a frotar con todas sus fuerzas.

Mientras tanto, Virginia cosía sin parar.

Volvió a salir el sol y las nubes desaparecieron.

El cochecito de Melania volvía a estar limpio y las ruedas giraban sin un solo chirrido.

Melania había quedado arreglada, menos los ojos, que Virginia no había sido capaz de encontrar entre la hierba.

En cuanto los dos chicos y Virginia se marcharon, la mamá de Roberta saltó al suelo.

La mamá de Roberta
encontró los ojos de Melania
y se los cosió mientras Roberta
empezaba a merendar.

—¡Qué estupenda eres,
mamá! ¿Cómo has podido
hacerlo todo tan bien?
—dijo Roberta.

—Pues yo creo que ha sido porque
te quiero —le dijo su mamá.

Más tarde, recogieron todo y se fueron a casa. Habían sobrado bizcochos, así que Roberta se llevó dos, uno para Melania y otro para ella, pero como Melania no podía abrir la boca, Roberta se comió los dos.

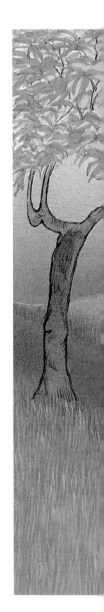

Rosemary Wells

Nació en la ciudad de Nueva York, Estados Unidos de América, en 1943. Desde niña, su pasatiempo favorito era dibujar. Cursó estudios de Bellas Artes en Boston y a los 19 años, tras dejar de estudiar y ya casada, comenzó su carrera como diseñadora de libros en una editorial de Boston. Rosemary Wells conoce muy bien a los niños pequeños y sus complejas problemáticas, principalmente las concernientes a su entorno familiar. La autora da a todo ello un toque afectivo lleno de cromatismo, evitando los tópicos, el materialismo y la protección excesiva, impulsando la autonomía y la autoestima de los niños. Quizá por ello los libros de Wells son tan sencillos y a su vez tan iniciáticos y poéticos.

Aquí acaba este libro
escrito, ilustrado, diseñado, editado, impreso
por personas que aman los libros.
Aquí acaba este libro que tú has leído,
el libro que ya eres.